LA
MARTYRE DE MARIANA

DRAME EN QUATRE ACTES

PAR

LE CHANOINE TORRE

PARIS

HENNUYER, IMPRIMEUR-ÉDITEUR

47, RUE LAFFITTE, 47

1898

LA

MARTYRE DE MARIANA

PARIS. — TYPOGRAPHIE A. HENNUYER, RUE DARCET, 7.

LA
MARTYRE DE MARIANA

DRAME EN QUATRE ACTES

PAR

LE CHANOINE TORRE

PARIS

A. HENNUYER, IMPRIMEUR-ÉDITEUR

47, RUE LAFFITTE, 47

—

1898

PERSONNAGES

DÉVOTE.

CLELIA, tante de Dévote.

CELSIUS, gouverneur de la Corse.

EUTICHIUS, sénateur.

ALBINUS, fils d'Eutichius.

SERVITEURS, GARDES, LICTEURS.

La scène se passe au commencement du quatrième siècle,
à Mariana (Corse).

LA
MARTYRE DE MARIANA

ACTE PREMIER

LE THÉATRE REPRÉSENTE L'APPARTEMENT D'EUTICHIUS
A MARIANA.

SCÈNE PREMIÈRE.

ALBINUS, puis EUTICHIUS.

ALBINUS, lisant plusieurs papyrus et donnant les signes d'une vive
agitation ; il se lève et marche.

Grands dieux! Que faut-il donc pour calmer votre
colère? Ces jeux sanglants, ces hommes livrés aux
bêtes féroces, ces femmes et ces enfants jetés dans
l'arène et n'ayant commis d'autre crime que celui
d'adorer un Dieu que nous ne connaissons pas; Dieux
cruels, faut-il donc tant de victimes pour célébrer
votre gloire!

(Des serviteurs entrent, précédant Eutichius. Le sénateur
fait un signe, les serviteurs s'éloignent.)

EUTICHIUS.

Eh bien, mon fils, quels sont les ordres de Rome?

ALBINUS.

Funestes, mon père, rigoureux, implacables.

EUTICHIUS.

C'est-à-dire...

ALBINUS.

On nous enjoint de punir, de faire mourir les par-
jures, de massacrer les chrétiens.

EUTICHIUS.

Cette férocité attirera sur nous les malheurs les plus
grands. Punir le crime est juste; mais doit-on con-
damner aux derniers supplices, des hommes, des
femmes et des enfants qui préfèrent le Nazaréen à
Jupiter, à Mars, à Apollon et à tant d'autres?

ALBINUS.

Ajoutez, mon père, que le Dieu des chrétiens est un
Dieu de paix, de charité, de rédemption. Il opère de
si grands prodiges sur ses adorateurs, que jamais
Jupiter et Mars ne pourront lutter avec lui.

EUTICHIUS.

Tais-toi, mon fils, ne prononce pas de blasphème;
nos dieux sont grands, sont puissants, et penser le
contraire serait s'exposer à tous les supplices, à la
mort même.

ALBINUS.

Je vous obéis, mon père, mais je crois qu'une religion qui permet des massacres, est une religion
fausse, et que ceux qui les ordonnent sont des disciples de Baal.

EUTICHIUS.

Mon enfant, ferme ton cœur à toutes les suggestions des néophites, garde-toi des entraînements de la jeunesse; nous sommes entourés d'envieux, de jaloux, d'ennemis; ils nous épient pour nous perdre et seraient bien heureux de faire savoir, à Rome, qu'un sénateur romain pactise avec les chrétiens ou les protège malgré l'ordre qu'il a reçu de les poursuivre.

(Un serviteur entre et s'incline.)

SCÈNE II.

LES MÊMES, UN SERVITEUR.

EUTICHIUS.

Que me veut-on?

LE SERVITEUR.

Un navire vient d'aborder dans le port; une matrone romaine est à son bord et fait demander si le sénateur Eutichius peut la recevoir.

EUTICHIUS, bas.

Une matrone romaine ici, à Mariana, après les ordres reçus de Rome : je crains un malheur. (Haut.) Allez la chercher et emmenez-la en mon palais avec tous les honneurs dus à son rang.

(Le serviteur s'incline et sort.)

SCÈNE III.

EUTICHIUS, ALBINUS.

EUTICHIUS.

Quelle peut être cette patricienne dont l'arrivée ne m'est pas annoncée?

ALBINUS.

Elle vient de Rome, cette ville maudite et rougie par le sang des chrétiens! Son arrivée me fait présager quelque malheur.

EUTICHIUS.

Calme-toi, la voici.

(Clelia entre, précédée et suivie des servantes d'Eutichius.)

SCÈNE IV.

CLELIA, EUTICHIUS, ALBINUS.

CLELIÂ, s'avançant vers Eutichius.

Est-ce le sénateur Eutichius qui est devant moi?

EUTICHIUS.

C'est lui qui a l'honneur de vous recevoir dans son palais.

CLELIA.

Bien; ce que j'ai à vous dire ne doit être entendu que de vous.

(Eutichius fait un signe. Albinus s'incline et sort;
les suivantes s'éloignent.)

SCÈNE V.

CLELIA, EUTICHIUS.

CLELIA.

Sénateur Eutichius, vous avez devant vous Clelia,
de la noble race des Claudius. Rome est ma patrie,
et Rome m'envoie vers vous.

EUTICHIUS.

Illustre Clelia, votre renommée vous a précédée
dans notre île, et si Rome a choisi une messagère si
favorable aux dieux, la mission doit être importante.

CLELIA.

Vous allez en juger. Lisez cette lettre du consul
Celsius qui vous est adressée.

EUTICHIUS, lisant.

« Le consul romain salue le sénateur Eutichius et
lui recommande l'illustre matrone romaine Clelia. Ce
que cette noble dame demande, tout Romain doit le
lui accorder. Que le sénateur Eutichius s'empresse
donc de satisfaire ses désirs, et le consul Celsius le
recommandera aux bontés de l'empereur. »

EUTICHIUS.

Les ordres du consul sont formels, et je suis dévoué
au consul; Clelia, je vous écoute.

CLELIA.

J'ai une nièce qui se nomme Dévote : orpheline de
père et de mère, elle me fut confiée dès son enfance.
Ses rares vertus, son intelligence et sa grande beauté

en faisaient le plus bel ornement de la cour de Dioclétien. Elle fit une impression si profonde sur le
consul Celsius que celui-ci n'aspire plus qu'à devenir
son époux.

EUTICHIUS.

L'épouse d'un consul! Quel honneur!

CLELIA.

Cet honneur, ma nièce le déteste; elle est insen-
sible aux attentions du consul, et ce qui est plus grave
encore, c'est le mépris qu'elle manifeste pour la religion de nos aïeux. Elle n'adore que le Dieu des chrétiens.

EUTICHIUS.

Par Jupiter! vous m'épouvantez.

CLELIA.

Aussi me suis-je empressée de quitter Rome pour
me réfugier dans cette île, éloignée de la cour, perdue
au milieu des mers, afin de soustraire Dévote à la
persécution et dans l'espoir aussi de l'arracher à la
propagande chrétienne. Je compte sur vous pour la
ramener au culte de nos dieux.

EUTICHIUS.

Je mettrai tout en œuvre pour seconder votre projet
et pour mériter la confiance du consul Celsius.

CLELIA.

Maintenant, sénateur, que vous connaissez le but
de mon voyage, permettez-moi de me retirer. Les
vents contraires nous ont retenus longtemps en mer
et j'ai grand besoin de recueillement pour remettre
mes esprits.

EUTICHIUS.

Daignez honorer mon palais de votre présence, ce sera pour moi un honneur dont je serai très fier.

CLELIA.

J'accepte votre hospitalité; nous aurons ainsi Dévote près de nous, et, en combinant nos efforts, nous aurons raison de son erreur; car il faut, pour elle et pour nous, que nous domptions son cœur.

SCÈNE VI.

EUTICHIUS, CLELIA, L'INTENDANT DU PALAIS.

EUTICHIUS, à l'intendant.

Une matrone romaine et sa nièce, envoyées par le consul romain Celsius, viennent habiter mon palais; qu'on leur prépare le plus bel appartement et qu'on choisisse, pour les servir, les meilleures de mes servantes; c'est l'ordre de Rome.

L'INTENDANT.

Rome, seigneur, sera contente de nous. (Il sort, précédé de Clelia.)

SCÈNE VII.

EUTICHIUS et ALBINUS.

ALBINUS.

Mon père, m'est-il permis de vous demander quelle est cette noble dame, quel motif l'amène à Mariana, dans votre palais, en compagnie d'une jeune fille?

EUTICHIUS.

Pour le moment, qu'il te suffise de savoir que cette
dame est de la race auguste des Claudius, que la
jeune fille qui l'accompagne est sa nièce et qu'elles
sont ici par ordre du consul Celsius.

ALBINUS.

La jeune fille qui accompagne cette dame est sa
nièce! Ah! mon père, qu'elle est belle! Mais elle doit
être malheureuse, car je l'ai vu pleurer, tomber à
genoux, lever les yeux vers le ciel et murmurer une
prière avec tant de ferveur que sa figure s'est trans-
figurée et que j'ai cru voir un ange.

EUTICHIUS.

Elle adore le Dieu des chrétiens.

ALBINUS.

Mon cœur ne m'a pas trompé; qu'elle est heureuse!

EUTICHIUS.

Le consul Celsius me l'envoie pour que mes conseils,
mes exhortations la ramènent au culte de nos dieux,
pour qu'elle sorte de l'erreur pour rentrer dans la
vérité.

ALBINUS.

Que ferez-vous, mon père?

EUTICHIUS.

La volonté de Rome est formelle.

ALBINUS.

N'obéissez pas, mon père. Vous n'avez pas le droit
de violenter la conscience de cette enfant. Si elle est
heureuse d'adorer ce Dieu qu'il ne nous est pas donné

de connaître, ce Dieu qui opère de si grands prodiges et pour lequel les chrétiens vont à la mort, la joie au cœur et les yeux tournés vers le ciel, eh bien, qu'elle l'adore ! Moi-même, mon père...

EUTICHIUS.

Tais-toi, mon fils ; si l'on t'entendait, tu causerais ta perte et celle de ton père.

ALBINUS.

Il faut fermer mon cœur à l'espérance ; il faut imposer silence à cette voix secrète et puissante qui est en moi et qui me dit : « Là est la vérité. »

EUTICHIUS.

Il ne faut pas écouter cette voix, c'est celle de l'erreur.

ALBINUS.

Je vous obéirai, mon père ; mais laissez-moi espérer qu'un jour vous reconnaîtrez la perfection d'une religion qui n'enseigne que la bonté, le pardon et la miséricorde, et sa supériorité sur la nôtre dont les dieux personnifient toutes les erreurs, toutes les fautes, tous les crimes. (Il s'incline et sort.)

SCÈNE VIII.

EUTICHIUS, seul.

Il est insensé, mais il me trouble ; son enthousiasme m'épouvante, mais me gagne malgré moi. Ces chrétiens qui confessent leur foi au seuil de la mort, ces martyrs volontaires qu'aucune souffrance ne peut

ébranler sont sublimes et vont à la conquête du ciel
en frappant le monde d'admiration. Les ordres du
consul sont formels et je ne puis les exécuter sans
que mon cœur se révolte. J'imposerai silence à mon
cœur, mais jamais je n'emploierai la violence pour
combattre des croyances religieuses. Rome et ses
consuls, Rome et ses arènes ne pourront faire que ce
soit un crime de suivre la religion qui convient le
mieux, si cette religion rend meilleur et si elle fait
le bonheur de ceux qui la pratiquent sans troubler
l'ordre de la société, sans porter préjudice au pro-
chain. Non, Rome peut menacer, Rome peut conquérir
le monde avec ses légions, Rome peut inventer des
supplices et répandre des flots de sang, ce n'est pas
par la terreur de la souffrance et de la mort qu'elle
empêchera le Dieu des chrétiens de subjuguer le
monde.

ACTE DEUXIÈME

MÊME DÉCOR.

SCÈNE PREMIÈRE.

DÉVOTE, entrant violemment.

Personne ! Ah ! Dieu bon, je puis donc éviter mes persécuteurs, me réfugier dans le silence et la retraite et puiser des forces dans la prière ! Mon Dieu, montrez-vous secourable, ne m'abandonnez pas ; donnez-moi la force de résister à ma tante, qui emploie tour à tour la persuasion et les menaces pour me faire abjurer votre religion qui fait mon bonheur. Empereur Dioclétien, tu peux me persécuter, me jeter en prison ; consul Celsius, tu peux armer tes bourreaux, vous serez l'un et l'autre sans pouvoir, car Dieu est avec moi. La mort ne m'épouvante pas, je la désire, je l'appelle de tous mes vœux. Peut-être servira-t-elle à racheter les fautes de mes persécuteurs. Dieu de vérité, toi qui as daigné répandre ta lumière bienfaisante sur ton humble servante, éclaire de tes rayons divins ces pauvres égarés qui te méconnaissent ! Que ta bonté les assiste ; ouvre leurs yeux à la lumière ;

qu'ils se prosternent à tes pieds et qu'ils t'adorent,
ô mon Dieu, comme je t'adore moi-même ! (Elle tombe à
genoux.)

SCÈNE II.

EUTICHIUS, DÉVOTE.

EUTICHIUS, bas.

Elle prie ! Dois-je la laisser à ses méditations ? Mon
cœur me dit oui ; mon devoir m'ordonne de l'arracher à ses erreurs. Le devoir, cette fois, est cruel pour
cette enfant et dur pour moi. Allons, il faut obéir à
l'ordre du consul. (Haut.) Mon enfant...

DÉVOTE.

Qui ose interrompre ma prière ?

EUTICHIUS.

Le sénateur Eutichius à la garde duquel vous êtes
confiée ainsi que votre vénérable tante, et qui tient à
vous faire les honneurs de sa maison.

DÉVOTE, avec fierté.

Je suis reconnaissante au sénateur Eutichius du
soin qu'il prend de nos personnes ; mais là doit s'ar-
rêter sa vigilance. Je n'ignore pas la mission qui vous
a été donnée, mais je dois vous dire que toute tenta-
tive de me faire renoncer à ma religion sera vaine. Je
dédaigne les conseils et je ne crains pas les menaces ;
je méprise la mort et j'aspire à la vie future où l'on
reçoit la récompense des vertus pratiquées dans cette
vie, où l'on jouit d'un bonheur éternel. Sénateur,

vous connaissez ma résolution inébranlable ; elle doit fixer votre conduite.

EUTICHIUS.

J'ai une mission comme fonctionnaire de l'empire, c'est vrai ; mais, mon enfant, je suis père et je compatis à toutes les douleurs ; je ne prétends pas troubler votre repos ; je voudrais concilier les devoirs de ma situation avec le respect que m'impose votre fermeté. Mon cœur est plein de pitié pour vous.

DÉVOTE, fièrement.

De la pitié ! mais je la refuse, votre pitié ; une femme qui met son bonheur dans la connaissance et l'adoration du vrai Dieu est au-dessus de toute pitié.

EUTICHIUS, à part.

Quelle admirable fierté ! Quel noble courage ! (A Dévote.) Mon enfant, toute personne qui ne peut agir suivant ses désirs mérite toute pitié.

DÉVOTE.

Pourquoi ne pourrais-je agir suivant mes désirs ? En quoi peut-on s'opposer à ma volonté ?

EUTICHIUS.

En vous empêchant d'adorer le Dieu des chrétiens.

DÉVOTE.

Et qui peut m'empêcher d'adorer mon Dieu ? l'empereur ? je méprise ses ordres ; le consul ? je le plains ; ma tante ? je prie pour elle. On peut torturer mon corps, on ne fera pas faiblir mon âme.

EUTICHIUS.

Mon enfant, je serais désireux de savoir comment une telle vaillance a pu naître en vous.

2

DÉVOTE.

La vue de la souffrance des chrétiens. Née à Mariana, mais élevée à Rome par ma tante, au milieu de la richesse et des honneurs, je fus témoin d'une scène qui me montra la puissance du Dieu des chrétiens sur celle de nos faux dieux.

EUTICHIUS.

Parlez! Ah! parlez, mon enfant.

DÉVOTE.

L'empereur Dioclétien, vainqueur des Parthes, voulut, à son retour, offrir de grands sacrifices à ses dieux afin de les remercier des victoires qu'il avait remportées. Pour donner plus de pompe à ces cérémonies, il ordonna que tous les chrétiens qui attendaient la mort au fond des cachots viendraient aussi sacrifier aux faux dieux; mais les disciples du Christ, animés d'un esprit divin, refusèrent de s'incliner devant des idoles et l'ordre de Dioclétien ne fut pas exécuté; aucun chrétien ne se soumit. L'empereur, furieux, ordonna qu'on leur fît subir les tortures les plus épouvantables; rien ne put ébranler leur courage et leur foi. Ils marchèrent au supplice en chantant les louanges du vrai Dieu et moururent martyrs, frappant d'admiration leurs bourreaux.

EUTICHIUS.

Leur sort est enviable et leur courage surhumain.

DÉVOTE.

Je ne saurais décrire la profonde émotion que la mort de ces malheureux produisit sur mon âme: j'éprouvai de l'admiration pour ces victimes de la fé-

rocité d'un monstre païen, et j'aurais voulu m'élever
jusqu'à eux, partager leurs souffrances et leur mort.
Je fus saisie d'un transport indéfinissable; je me
sentis comme environnée de lumière et animée d'une
énergie surhumaine; j'aurais voulu proclamer ma foi
devant tous et marcher au supplice.

De retour au palais, je manifestai à ma tante l'impression que j'avais ressentie devant la mort de ces
martyrs et ma résolution de les imiter. Ma tante fut
atterrée; elle mit tout en œuvre pour me faire abandonner un projet qu'elle traitait de chimérique, de
passager. Ses parents, ses amis vinrent inutilement à
son aide. Le consul Celsius lui-même, qui m'avait té-
moigné une certaine affection, devint mon ennemi,
le plus ardent de mes persécuteurs. Je résistai à tout
le monde, aidée par Dieu. La persécution raffermis-
sait mon courage.

EUTICHIUS, à part.

Cette enfant me confond, me persuade, et son enthousiasme me gagne, que n'ai-je son courage! (A Dévote.) Mais qui vous a initiée aux mystères de la religion que vous avez choisie?

DÉVOTE.

Un saint prêtre ayant pu se soustraire aux re-
cherches des séides de Dioclétien a été assez chari-
table pour m'instruire dans la morale du Christ.

EUTICHIUS.

Mon enfant, les supplices auxquels vous vous ex-
posez ne vous épouvantent donc pas?

DÉVOTE, vivement.

Je les désire de toute mon âme.

EUTICHIUS.

Ne serait-il pas plus sage, plus prudent, pour vous, de faire semblant de sacrifier à nos idoles et d'adorer Dieu dans le secret de votre cœur ?

DÉVOTE.

Ce serait de l'hypocrisie ; jamais je ne m'abaisserai à feindre. Puisque le Christ est mort sur la croix pour nous, nous pouvons bien souffrir pour Lui. Je ne suis qu'une faible femme, mais combien forte est mon âme ! Je ne cache pas mes pensées, je ne rougis pas de mes actes ; au contraire, je veux vivre, souffrir et mourir en chrétienne.

SCÈNE III.

CLELIA, DÉVOTE, EUTICHIUS.

CLELIA.

Grands dieux ! qu'ai-je entendu ? Quel blasphème as-tu prononcé ? Tu mourras en chrétienne, malgré nos exhortations, malgré les conseils du sénateur ! Rien ne peut donc ébranler ta volonté !

DÉVOTE.

Rien ! De quel droit le sénateur Eutichius pourrait-il s'opposer à ma volonté, si celle-ci est d'adorer un Dieu qu'il ne connaît pas, et dans lequel j'ai mis toute ma confiance, tout mon espoir !

EUTICHIUS.

Cette enfant a l'âme d'une ferventé et le courage d'une martyre.

CLELIA.

Mais, mon enfant, as-tu donc oublié le motif qui nous a fait quitter Rome? N'est-ce pas mon affection pour toi qui m'a portée à fuir cette ville pour te soustraire à la persécution de l'empereur?

DÉVOTE.

Que m'importe l'empereur et ses décrets? En me faisant quitter Rome, vous vouliez me priver de la gloire éternelle, du bonheur réservé aux martyrs. Je n'appelle pas cela de l'affection.

CLELIA.

Alors tu as résolu d'être chrétienne?

DÉVOTE.

C'est mon seul espoir, mon seul désir.

EUTICHIUS.

Mes conseils sont sans effet?

DÉVOTE.

Ils ne peuvent changer ma résolution.

CLELIA.

Qu'attends-tu du Dieu des chrétiens?

DÉVOTE.

Mon salut éternel.

CLELIA.

Tu ne crains ni les tortures, ni la mort?

DÉVOTE.

Je les désire pour me sanctifier.

CLELIA.

Pauvre enfant !

EUTICHIUS.

Admirable jeune fille !

SCÈNE IV.

ALBINUS, CLELIA, DÉVOTE, EUTICHIUS.

ALBINUS.

Mon père ! Noble dame !

EUTICHIUS.

Qu'est-il arrivé ?

CLELIA.

Je tremble.

ALBINUS.

Le consul Celsius vient de débarquer, il est accompagné de soldats et de licteurs. Il a demandé après vous, mon père, et il s'est informé si la matrone romaine Clelia et sa nièce étaient chez vous.

EUTICHIUS.

Courons au-devant de lui.

ALBINUS.

Ne vous dérangez pas, mon père. Dès qu'il a su que Dévote et sa tante étaient ici, il s'est dirigé sur votre demeure en donnant l'ordre à son escorte de le suivre. C'est pour vous prévenir que je suis accouru.

EUTICHIUS.

Mon fils, il faut aller à sa rencontre et lui rendre les honneurs qui lui sont dus.

CLELIA.

Je vous suis en tremblant. Dévote, mon enfant, que
ton Dieu te protège !

DÉVOTE.

Que craignez-vous, ma tante ?

CLELIA.

L'arrivée du consul en Corse cache un mystère.

EUTICHIUS.

Ou est le prélude d'événements terribles.

DÉVOTE.

J'ai confiance en Dieu.

CLELIA.

Et s'il demande à te parler ?

DÉVOTE.

Je paraîtrai devant lui sans crainte.

EUTICHIUS.

Et s'il vous menace ?

DÉVOTE.

Avec l'aide de Dieu, je saurai le confondre.

CLELIA.

Ta vie est en jeu, mon enfant.

DÉVOTE.

Ma vie est dans les mains de Dieu. Je suis chrétienne, je le proclamerai devant tous et je mourrai
chrétienne en affirmant ma foi et en célébrant mon
Dieu.

ACTE TROISIÈME

SCÈNE PREMIÈRE.

CELSIUS et sa suite.

CELSIUS, à un suivant.

Qu'on prévienne le sénateur Eutichius qu'un re-présentant de l'empereur Dioclétien l'attend ici, dans son palais. (Le domestique sort.) (Seul.) Fut-il jamais mission plus pénible que la mienne? Je viens pour exécuter un ordre implacable de l'empereur, et contre qui? Contre celle que je voudrais pouvoir sauver au prix de ma vie, mais non de mon honneur! Dieu des Ro-mains, inspirez-moi, et si mon cœur faiblit, donnez-moi le courage d'être à la hauteur de mon devoir de Romain !

SCÈNE II.

CELSIUS, EUTICHIUS.

EUTICHIUS, entrant.

Seigneur, je me prosterne devant le représentant de César. Le consul Celsius peut disposer de ma maison, de mes gens et de moi-même ; mon dévouement est entier pour sa personne et pour l'empereur.

CELSIUS.

Je le sais, et je viens vous demander compte de la mission intime dont vous avez été chargé par l'entremise de Clelia.

EUTICHIUS.

Consul, j'ai tout tenté et, je le crains, mes efforts ont été impuissants.

CELSIUS.

Dévote résiste ! La malheureuse, elle ne connaît donc pas le danger !

EUTICHIUS.

Dévote est chrétienne, et personne, je le crains, ne pourra lui faire abandonner ses croyances.

CELSIUS, irrité.

Elle les abandonnera, de gré ou de force, c'est l'ordre de l'empereur. Elle n'a plus personne pour la soutenir ; le prêtre qui, contrairement aux lois de Dioclétien, propageait, dans Rome, les doctrines du Christ, a été découvert et exécuté, et ici, dans cette ville de Mariana, personne ne l'encouragera dans ses croyances. Elle cédera donc, il le faut. La religion des chrétiens doit être abolie, et je suis envoyé pour exécuter cette sentence.

EUTICHIUS.

Les ordres du souverain seront exécutés, quels qu'ils soient ; mais je ne puis que plaindre Dévote, dont les vertus font l'admiration de tous.

CELSIUS.

Je ne le connais que trop le charme qu'elle possède
et dont on ne peut se défendre. Écoutez, Eutichius,
je vais vous confier le motif qui m'amène ici, et vous
me comprendrez, vous qui avez vu cette enfant et
avez subi, malgré vous, son influence. J'ai vu Dévote
en revenant de combattre les Maures. Elle avait à
peine quinze ans. La voir, ce fut l'aimer ! Privée de
son père, qui périt en combattant à mes côtés, et de
sa mère, qui ne put survivre à sa douleur, je pensais
qu'elle aurait accepté avec empressement l'offre de
ma main ; je croyais que ma haute situation, mon
immense fortune, pourraient contribuer à la décider
au mariage proposé. Je me trompais : dignité, ri-
chesses, puissance et affection, rien ne put l'émouvoir,
rien ne put entamer sa cuirasse d'airain et d'indifférence. Je concentrai ma douleur et imposai silence à
mon amour qui grandit dans la contrainte et l'humi-
liation. Mais je ne devais pas être au bout de mes
souffrances. Je ne sais dans quelle circonstance Dévote avoua qu'elle professait la religion chrétienne ;
elle proclama ses préférences si haut, que l'empereur
Dioclétien en fut informé et ordonna son arrestation.
Son arrestation, hélas ! c'était sa mort. J'allai trouver
l'empereur et je le suppliai de suspendre l'arrêt fatal,
promettant d'employer toute mon influence à ramener l'imprudente Dévote dans la droite voie. J'obtins
un sursis : j'engageai immédiatement Clelia à quitter
Rome avec sa nièce afin de la soustraire à la persécution et à la mort. L'île de Corse, perdue au milieu

des mers, la ville de Mariana, où Dévote a vu le
jour, s'offrirent à nos pensées, et c'est à vous, sénateur Eutichius, que Dévote fut confiée avec recom-
mandation de lui faire abjurer sa religion. Hélas! je
viens d'apprendre qu'elle continue à sacrifier au Dieu
des chrétiens. Cette obstination me désespère.

CELSIUS. *(EUTICHIUS.)*

EUTICHIUS.

Pourquoi avez-vous quitté Rome? Vous pouviez la
protéger plus efficacement en restant près de l'empereur.

CELSIUS.

La passion ardente que j'éprouvais pour Dévote
me consumait. Je n'avais plus de repos, plus de paix;
je sentais que mon existence reposait sur elle et que
d'elle aussi dépendait mon bonheur. Je résolus de la
voir, espérant que sa vue soulagerait mon âme et
apaiserait mes tourments. J'allai trouver l'empereur
et, déposant à ses pieds ma charge de consul, je le
suppliai de me donner en échange le gouvernement
de la Corse. Il m'accorda cette faveur, mais l'implacable Dioclétien me fit promettre de châtier, même
d'exterminer sans pitié tous ceux qui suivent la doc-
trine du Christ.

EUTICHIUS.

Je frémis d'horreur.

CELSIUS.

Vous voyez la mission implacable qui m'a été confiée, et vous voyez s'il m'est possible de sauver Dévote
si elle persiste dans sa religion.

EUTICHIUS.

Il faut la sauver. Vous ne pouvez être son bourreau et le vôtre.

SCÈNE III.

CELSIUS, EUTICHIUS, CLELIA.

CLELIA, entrant.

Seigneur, consul, acceptez les hommages de votre humble servante.

CELSIUS.

Vous ne m'attendiez pas, Clelia?

CLELIA.

Votre arrivée me surprend et m'effraye.

CELSIUS.

Dévote en est la cause. Son départ a été pour moi un supplice que je ne pouvais plus supporter, son absence une souffrance de tous les instants. Le séjour de Rome m'était devenu insupportable. J'ai demandé et obtenu le titre de gouverneur de la Corse pour me rapprocher d'elle et de vous.

CLELIA.

Seigneur, que m'apprenez-vous !

CELSIUS.

Le sacrifice que je viens de faire et mon empressement à vous rejoindre prouvent l'étendue de mon affection pour votre nièce. Puisse-t-elle être touchée par ces preuves d'amour et, en se soumettant aux ordres de Dioclétien, assurer son bonheur et le mien.

CLELIA.

Nous finirons par triompher de ce cœur obstiné.

CELSIUS.

Il le faut; malheur à elle si sa volonté voulait résister à la mienne, si elle ne se laissait pas fléchir par
mon dévouement. (A Eutichius.) Je désire que Dévote
soit amenée en ma présence.

EUTICHIUS.

Gouverneur, ménagez-la; laissez-nous la préparer
à comparaître devant vous.

CELSIUS.

Le gouverneur a parlé, il doit être tout à son devoir.

EUTICHIUS.

Le devoir et l'amour peuvent se concilier. L'amour
adoucit le devoir et le devoir anoblit l'amour. (Il sort.)

SCÈNE IV.

CELSIUS, CLELIA.

CELSIUS.

Clelia, laissez-moi seul avec votre nièce; laissez-
moi tenter un effort suprême d'où va dépendre sa vie
et mon bonheur.

CLELIA.

Puisse-t-il être heureux! puissiez-vous trouver le
chemin de son cœur! Souvenez-vous, seigneur, que
vous aimez Dévote et que la clémence est le signe
d'une grande âme. (Elle sort.)

SCÈNE V.

CELSIUS, seul.

La clémence! la clémence! pour une révoltée, une impie qui méprise nos dieux et se joue peut-être de moi, de moi qui ai terrassé les ennemis de Rome et qui devrai subir le mépris d'une infidèle! Par les foudres de Jupiter! cela ne sera pas. J'aime Dévote, mais son indifférence me rendra inexorable, et son apostasie, cruel. Mais la voici. Ah! je sens toutes mes résolutions s'évanouir, je deviens lâche devant cette enfant. Quelle est donc sa puissance pour me faire trembler, moi le puissant Celsius, le gouverneur de la Corse, moi qui ai droit de vie et de mort sur tous ici. On rirait de moi si l'on me voyait. Allons, que la religion et la justice imposent silence à l'amour!

SCÈNE VI.

CELSIUS, DÉVOTE.

DÉVOTE, hautaine.

Le nouveau gouverneur de la Corse demande à me parler! Que peut avoir de commun avec moi un si puissant personnage! Qu'il me laisse à mes prières et à mes méditations; qu'il ne me tire pas de ma vie modeste que je veux consacrer à mon Dieu!

CELSIUS.

Dévote, modérez vos paroles; je viens ici, non en envoyé de l'empereur, mais en ami dévoué qui veut votre bonheur, qui veut vous sauver et dont le plus ardent désir serait de vous voir écouter la voix de la raison. Dévote, de vous seule dépend votre bonheur ou votre malheur.

DÉVOTE.

Mon bonheur sera au ciel.

CELSIUS.

A côté des dieux des Romains.

DÉVOTE.

Les dieux des Romains sont des faux dieux; je ne reconnais que le Dieu des chrétiens, c'est en lui que j'ai mis toutes mes espérances, toute ma foi et tout mon cœur. Je n'ai d'amour que pour Lui et que mépris pour vos divinités.

CELSIUS, se contenant.

Femme aveugle! Mais, Dévote, si le Dieu des chrétiens possède tout votre cœur, si vous n'avez d'amour que pour lui, vous ne devez avoir pour moi que haine et mépris.

DÉVOTE.

Je n'ai de mépris pour personne, mais je n'ai d'amour que pour mon Dieu auquel je veux consacrer mon corps et ma vie.

CELSIUS, avec colère.

Mais, malheureuse, vos rêveries peuvent vous conduire à une mort infamante et atroce.

DÉVOTE,

Oui, au martyre, si ardemment désiré par moi.

CELSIUS.

Vous êtes bien imprudente. Si vous refusez de m'aimer, je m'efforcerai de comprimer mes sentiments,
je souffrirai en silence, il n'y aura que moi de malheureux; mais n'outragez pas nos dieux, sinon le
châtiment le plus épouvantable vous attend. Renoncez
à votre religion et sacrifiez à nos dieux; c'est l'ordre
de l'empereur.

DÉVOTE.

Jamais! Vos dieux, je les foulerai aux pieds.

CELSIUS.

Vous provoquez ma colère, et cependant je voudrais vous sauver.

DÉVOTE.

Me sauver! Dieu tout-puissant, éclairez la raison
de cet idolâtre! Me sauver, en faisant de moi une
impie! Mais qu'il me conduise au supplice, qu'il me
fasse endurer les tourments les plus atroces, alors je
le bénirai autant que je le maudis en ce moment
d'avoir osé me proposer un acte odieux. En me donnant la palme du martyre, mon âme s'envolera vers
le ciel où je jouirai de la béatitude éternelle.

CELSIUS, avec colère.

Tu as prononcé ta sentence, tu mourras.

DÉVOTE, avec exaltation.

Ah! merci! merci! Mon Dieu, recevez-moi dans
votre sein!

CELSIUS.

Gardes!...

SCÈNE VII.

CELSIUS, DÉVOTE, GARDES.

CELSIUS.

Gardes, emparez-vous de cette femme, conduisez-la
dans le plus noir cachot de la ville, et après l'avoir
flagellée, vous la mettrez à mort avant que le soleil
disparaisse de l'horizon.

DÉVOTE.

Eh bien, qu'attendez-vous pour exécuter les ordres
de votre chef?

SCÈNE VIII.

CLELIA, EUTICHIUS, CELSIUS.

CLELIA.

Seigneur, arrêtez, pitié pour ma nièce !

EUTICHIUS.

Gouverneur, calmez votre courroux et pardonnez à
cette enfant dont la raison est égarée.

DÉVOTE.

Cessez tous d'intercéder pour moi auprès de cet
orgueilleux païen. Ne pleurez pas sur moi ; je vais à
la gloire, au martyre, au bonheur éternel. Dieu tout-
puissant, pardonnez à mes persécuteurs comme je
leur pardonne dans toute la sincérité de mon âme et

acceptez-moi au nombre de vos servantes. (Elle sort au milieu des gardes.)

SCÈNE IX.

CLELIA, EUTICHIUS, CELSIUS.

CLELIA ET EUTICHIUS, aux pieds de Celsius.

Grâce, Seigneur ! Pitié !

CELSIUS.

Avoir pitié d'une femme qui attire sur nous la colère de Jupiter, jamais ! Qu'elle meure et que son sang apaise l'indignation des dieux, que mon amour dédaigné reçoive une digne satisfaction.

CLELIA.

De grâce, suspendez un moment le coup meurtrier.

EUTICHIUS.

Laissez-nous tenter un dernier effort.

CELSIUS.

Je veux bien encore satisfaire à vos désirs, par estime pour vous, noble dame, par considération pour vous, sénateur, et parce que je n'ai pas cessé de l'aimer. Il vous sera permis de pénétrer près de Dévote, vous Clelia, vous Eutichius avec votre fils. Efforcez-vous tous de la faire revenir de ses illusions et, par vos conseils, essayez de la sauver. Mais dites-lui bien que, si elle persiste dans son erreur, son sang rougira la ville de Mariana. Ainsi le veut Dioclétien, ainsi l'ordonne le gouverneur de la Corse.

ACTE QUATRIÈME

PRISON AVEC IDOLES.

SCÈNE PREMIÈRE.

DÉVOTE, seule.

Je touche enfin au but de mes désirs ! Dieu tout-
puissant, en m'acceptant dans la légion des martyrs,
vous me donnez une preuve de votre infinie bonté.
Mon salut est certain ; pourquoi l'éloigner ? Pourquoi
prolonger une vie qui retarde pour moi le bonheur
qui m'attend dans l'autre. Mais on vient. Dieu bon !
le moment est arrivé.

SCÈNE II.

DÉVOTE, ALBINUS.

DÉVOTE.

Je suis prête pour la délivrance, marchons au supplice.

ALBINUS.

Pourquoi parlez-vous de supplice ?

DÉVOTE.

Vous ne venez donc pas pour me conduire à la mort? N'hésitez pas, je suis prête.

ALBINUS.

Un autre motif m'amène près de vous.

DÉVOTE.

Lequel? Parlez.

ALBINUS.

Le gouverneur m'a permis de pénétrer dans ce cachot; le gouverneur veut vous sauver.

DÉVOTE.

Le salut pour moi, c'est le martyre.

ALBINUS.

Il veut vous sauver et je me suis offert comme intermédiaire, parce que je voulais m'entretenir avec vous. Votre vertu et votre héroïsme m'ont profondément touché. Il y a en vous quelque chose de surnaturel qui n'est pas d'une jeune fille.

DÉVOTE.

Mais qui est d'une chrétienne ! Ceux-là sont forts et intrépides qui mettent toute leur confiance dans le vrai Dieu.

ALBINUS.

Je le sens bien et mon cœur me dit combien Dieu est grand.

DÉVOTE.

Alors prosternez-vous à ses pieds, invoquez-le et vous sentirez s'allumer dans votre cœur une flamme divine qui vous rendra invincible, car toute force vient de lui.

ALBINUS.

Oui, sainte martyre, je reconnais sa puissance et sa justice. Le massacre de malheureux mortels auxquels on ne pouvait imputer d'autre crime que d'adorer le Dieu qui leur convenait me donna une telle répulsion pour nos idoles que je ne vis plus que l'imposture de nos prêtres païens, la cruauté de nos empereurs qui, pour soutenir leur despotisme, tiennent leur peuple dans une superstitieuse ignorance.

DÉVOTE.

Notre Dieu fait voir à l'homme que son cœur n'est point fait pour haïr, mais bien pour aimer, que ses mains ne doivent pas immoler le faible et l'ignorant, mais défendre le premier et éclairer le second ; il lui ordonne de venir en aide à son voisin, quel que soit son langage ou sa religion ; il lui apprend qu'il n'appartient qu'à la tyrannie de défendre à la pensée de chercher à atteindre la perfection.

ALBINUS.

O Dévote, vous êtes la vertu et la perfection même; soyez mon guide et mon soutien et, par vos conseils, soutenez ma faible résolution.

DÉVOTE.

Dieu de miséricorde, prenez sous votre protection cet élu attiré par votre divine lumière ! Donnez-lui la force, le courage, nécessaires pour qu'il confesse votre foi et que des liens indissolubles l'unissent à vous. Dieu bon, avec quel bonheur je m'envolerai vers vous, s'il m'était donné de laisser sur terre un prosélyte! Albinus, votre bonheur sera éternel, si vous

vous approchez de mon Dieu pour ne plus vous en séparer.

ALBINUS.

Je crains la colère de l'empereur.

DÉVOTE.

Il ne faut pas craindre les menaces des hommes.

ALBINUS.

Mais si je suis découvert !...

DÉVOTE.

Il faut confesser hautement que vous êtes chrétien.

ALBINUS.

On me fera subir d'horribles tourments.

DÉVOTE.

Dieu vous donnera la force de les supporter.

ALBINUS.

Une mort cruelle m'attend.

DÉVOTE.

Vous l'affronterez avec fermeté.

ALBINUS.

Qui me donnera cette fermeté ?

DÉVOTE.

Le Dieu que j'adore. Il vous assistera au milieu des tourments, il vous consolera à l'aspect de la mort. Ne craignant plus rien, vous n'aurez plus qu'un désir : le ciel, qui est la récompense que Dieu accorde aux chrétiens fidèles.

ALBINUS, avec exaltation.

Oui, oui, courageuse Dévote, je suis chrétien, je proclame hautement ma foi. Béni soit votre Dieu qui me tend ses bras ! Bénie soit votre religion qui m'ouvre le ciel! (Il saisit les idoles et les jette à terre.) Quant à vous, idoles infâmes, je vous méprise et je vous foule aux pieds.

DÉVOTE.

Un bonheur immense m'envahit! Une sensation divine me transporte! J'éprouve un plaisir infini! Dieu bon, vous illuminez mes derniers moments!

ALBINUS.

Mon âme déborde de reconnaissance, souffrez qu'à vos pieds je me prosterne...

DÉVOTE.

Relevez-vous, un chrétien ne doit s'agenouiller que devant Dieu.

SCÈNE III.

CELSIUS, EUTICHIUS, CLELIA, DÉVOTE, ALBINUS,
GARDES.

CELSIUS.

Que vois-je?...

EUTICHIUS.

Mon fils aux pieds de Dévote!...

CELSIUS.

Ah! chrétienne! prêtresse de l'orgueil et de la licence! La religion que tu professes t'ordonne de te faire adorer même dans un cachot? Je comprends maintenant ton mépris pour mon affection; ton cœur appartient à un autre. Voilà ton Dieu! Et moi, misérable insensé, j'offrais honneur, richesse, puissance à

cette malheureuse qui se riait de moi. La colère
et la jalousie m'aveuglent ; ma vengeance sera ter-
rible.

DÉVOTE.

Ce n'est pas une affection charnelle, mais un amour
divin qui a inspiré à Albinus l'humble attitude dans
laquelle on l'a trouvé.

EUTICHIUS.

Qu'as-tu fait, mon fils?

ALBINUS.

Ce que Dieu m'a inspiré. Mon père, suivez mon
exemple et vous connaîtrez le vrai bonheur.

CELSIUS.

Mensonges et fourberies que tout cela ! Ma haine
ne connaît plus de bornes. Toi, mon rival, tu sauras,
avec Dévote, ce qu'il en coûte d'offenser un consul
romain.

EUTICHIUS.

Mon fils, reviens à toi.

CLELIA.

Dévote, mon enfant, écoute ta tante qui te conjure,
les larmes aux yeux, de renier tes erreurs.

DÉVOTE.

Levez-vous, ma tante, ce n'est pas sur moi qu'il
faut pleurer, victime offerte à Dieu ; c'est sur le bourreau, instrument inconscient, qui ne mérite que la
pitié.

CELSIUS.

Il faut être bien hardie pour prononcer en ma présence des paroles aussi violentes. Gardes, saisissez-

vous de cette femme, emparez-vous également de cet homme, et conduisez-les au supplice. Il faut qu'ils meurent d'une mort lente et cruelle.

ALBINUS.

Nous mourrons en bénissant Dieu, notre juge souverain, qui te laissera à tes remords et me donnera la force de supporter les souffrances et la mort.

CELSIUS.

Allons ! emmenez ces condamnés et qu'on les sacrifie à ma vengeance.

DÉVOTE.

Qu'on nous emmène; nous mourrons en pressant sur notre cœur l'image de notre Dieu (Elle tire de son sein un crucifix.) qui récompense les bons et punit les méchants.

CELSIUS.

Qu'on arrache cette image et qu'on la jette au feu.

CLELIA, se mettant devant sa nièce.

Ne touchez pas à cet emblème sacré.

DÉVOTE, élevant la croix.

La voici l'image de mon Sauveur, je l'embrasse; je la presse contre mon cœur, cette image divine; avec elle, j'irai au supplice en chantant. O vous tous qui admirez l'ardeur de ma foi et ma constance inébranlable, vous, ma tante bien-aimée, vous, sénateur Eutichius, suivez la voie glorieuse que je vous montre et dans laquelle est entré Albinus. Dieu des chrétiens! vous qui avez voulu répandre votre sang et mourir sur la croix pour nous faibles mortels, ah! je vous en supplie, achevez votre œuvre, répandez votre lumière divine sur ma tante, convertissez aussi Eutichius, et recevez-les dans votre gloire éternelle !

CLELIA.

Les larmes inondent mon visage et mon cœur se fond d'allégresse.

CELSIUS.

Trêve à cette comédie! Gardes, conduisez cette femme au supplice et, dès qu'elle aura rendu le dernier soupir, vous brûlerez son corps et ses cendres seront dispersées.

DÉVOTE.

Dieu de bonté, assistez-moi à mes derniers moments, je vole dans vos bras. Tu vas voir, cruel consul, comment une vraie chrétienne meurt pour son Dieu. Adieu, ma tante, aspirez à une vie meilleure ; et toi, Albinus, mon frère en Jésus-Christ, courons au martyre.

(Ils sortent entre les gardes.)

SCÈNE IV.

CLELIA, EUTICHIUS, CELSIUS.

CLELIA.

Ma nièce!... Arrêtez, je veux la suivre, qui pourrait résister à un pareil exemple. (Elle sort précipitamment.)

EUTICHIUS.

Quelle est donc cette religion chrétienne qui a sur les âmes et les cœurs une si puissante volonté! Ames célestes, je vous admire !

CELSIUS.

Quoi! Et vous aussi, Eutichius!... Ah! chrétiens! je vous anéantirai tous et Dioclétien sera content, nos dieux seront vengés et les jeux de l'arène vont devenir sanglants.

SCÈNE V.

CELSIUS, ALBINUS, EUTICHIUS, CLELIA.

ALBINUS, entrant vivement.

Ah! mon père! Dévote est morte en martyre; c'est une sainte; son âme est au ciel.

CELSIUS.

Albinus libre contre mes ordres!

ALBINUS.

Oui, libre! Tes gardes, frappés de stupeur par la mort héroïque de Dévote, ont brisé mes chaînes, m'ont rendu la liberté et, renversant les idoles, demandent à être chrétiens. Le peuple, ému par ce spectacle, veut suivre leur exemple. Si l'on s'oppose à sa volonté, il marchera en armes contre ce palais.

CELSIUS.

Une rébellion! je la dissiperai par la force.

ALBINUS.

La force est avec le peuple; ces massacres continuels l'écœurent.

CELSIUS.

Que dois-je faire?

ALBINUS.

Céder ou subir une horrible vengeance. Le Dieu
des chrétiens n'est pas favorable aux impies. Tremble,
esclave d'un tyran, la tempête gronde, les nuages
s'assombrissent, le vieux monde païen va s'écrouler
pour faire place aux disciples du Christ qui vont ré-
générer l'univers à la flamme vivifiante de la foi.
Tremble, le sang répandu demande vengeance.
Ecoute les grondements de la foudre. (On entend des ru-
meurs.) Écoute les murmures du peuple, c'est l'expiation qui commence.

CELSIUS.

Qu'importe l'expiation! qu'importent les cris du
peuple! L'expiation, je ne la crains pas, le peuple, je
le ferai taire... Qu'est devenu le corps de Dévote?

ALBINUS.

A peine venait-elle de rendre le dernier soupir que
les chrétiens, profitant de la stupeur des gardes, s'em-
parèrent de son corps, et, pour le soustraire à tes
mercenaires, le déposèrent dans une barque. Celle-ci,
dirigée par trois matelots et poussée par un vent favorable, fit voile vers le midi. A l'heure actuelle, il
est probable que le corps de Dévote est à l'abri de
toute atteinte.

CELSIUS.

Encore trompé sur ce point. Les dieux seraient-ils
contre moi?

ALBINUS.

J'attends, Celsius, que tu disposes de moi, car je
suis chrétien et je m'en fais gloire.

EUTICHIUS.

Mon fils, je suis fier de toi! Moi aussi je suis chrétien et je le proclame hautement.

CLELIA, entrant, vêtue de deuil.

C'est fini! le sommeil du martyre a fermé les paupières de Dévote, et sa mort héroïque a ouvert les yeux de mon âme aux clartés de la foi. Cruel Celsius, je suis chrétienne et j'attends de toi la palme du martyre.

CELSIUS, sombre.

Allez! vous êtes tous libres, et que votre Dieu vous protège contre le courroux de Dioclétien.

(Ils sortent.)

SCÈNE VI.

CELSIUS, seul.

Dieux tout puissants, venez-moi en aide pour combattre la terreur qui m'agite et me bouleverse! Quel esprit infernal s'est emparé de mon être! Eh quoi, moi, Celsius, qui ai combattu si vaillamment les ennemis de Rome, moi qui ai exposé mille fois ma vie pour défendre ma patrie, je tremble maintenant à la seule pensée que j'ai fait donner la mort à une femme parce qu'elle adorait le Dieu de sa préférence! Mais quel est donc ce Dieu des chrétiens si puissant qu'il me terrasse? Serait-il le vrai Dieu? Nos divinités seraient donc fausses et le culte que nous leur rendons ne serait qu'une idolâtrie! Puissance céleste, venez à mon secours, donnez-moi la foi ! (On entend un chœur religieux. En extase.) Mon Dieu ! le ciel s'ouvre pour moi ! J'aperçois Dévote entourée d'anges qui chantent ses louanges. Qu'elle est belle ! Une lumière divine l'environne ; son regard se fixe sur moi ; il est doux et tendre comme celui d'une mère ; il pénètre en moi et me transporte. Mon Dieu, ne me repoussez pas ! Dévote, Dévote, intercède auprès de ton Maître pour un pécheur repentant ! Dévote, je crois, moi aussi, je crois en ton Dieu !

Sainte Dévote, prie pour moi !

(Rideau.)

A LA MÊME LIBRAIRIE

COMÉDIES

ADENIS (Eug.). Ma nièce Hortense, 1 acte (4 pers.) In-18. 1 fr.
—   On demande une demoiselle d'honneur.
               1 acte (7 personnages). In-18.   1 fr.
ADENIS (E. et Éd.). Ma tante Ursule (4 pers.) In-18.   1 fr.
—   La Visite imprévue (9 pers.). In-18.   1 fr.
BEAUMONT (A.). Le Bouquet blanc, un acte (2 p.). In-18. 1 fr.
—   Bicyclistes, un acte (4 person.). In-18. 1 fr.
—   Nappe d'autel, un acte (7 pers.). In-18. 1 fr.
—   Bourses et quêteuses, un acte (3 pers.). 1 fr.
—   La Leçon de danse de M. Trottemenu, un
                acte (8 personnages). In-18.   1 fr.
—   L'Heure du cours, un acte (7 person.). 1 fr.
—   A la ferme, un acte (3 personnages).   1 fr.
—   Vente de charité, un acte (6 pers.).   1 fr.
—   Institutrice, un acte (4 personnages). 1 fr.
—   Mariage sensationnel, un acte (6 p.). 1 fr.
BEISSIER (Fern.). La Reine de Zanzibar, un acte (5 pers.). 1 fr.
—   Une tante bien gardée (5 pers.). In-18. 1 fr.
—   Un Mari dans une averse, un acte (2 per-
                   sonnages). In-18.   1 fr.
BOYER (Henry). La Chasse infernale, un acte (5 p.). In-18. 1 fr.
—   L'Étourdie, un acte (5 pers.). In-18.   1 fr.
CÉLIÈRES (Paul). Trente-cinq ans de bail, un acte (5 person-
                  nages). In-8°.   1 fr. 50
—   Le Voisin Géronte, deux actes en vers, avec
                  intermèdes (7 personnages). In-8°. 1 fr. 50
—   L'Elixir d'Arlequin, un acte en vers (6 per-
                  sonnages). In-8°.   1 fr. 50
—   Lilas blancs et Roses thé, un acte (6 per-
                  sonnages). In-8°.   1 fr. 50
—   L'Oiseau sur la branche, un acte (9 person-
                  nages). In-8°.   1 fr. 50
—   Chacun pour soi, un acte en vers (6 person-
                  nages). In-8°.   1 fr. 50
JOUSLIN DE LA SALLE. La Marquise invisible, vaudeville (7 pers.).
                      In-8°.   1 fr. 50
LALUYÉ (Léopold). L'Obus, un acte (4 pers.). In-8°.   1 fr. 50
—   Azor et Lubin, un acte (5 pers.). In-8°. 1 fr. 50
—   La Robe de bal, un acte (5 p.). In-8°. 1 fr. 50
—   Les Quatre-vingts Ans de la chanoinesse,
                   un acte (5 personnages). In-8°.   1 fr. 50
—   Chassez le naturel..., un acte (5 p.). 1 fr.
—   Les Cadeaux de mon oncle, un acte (5 per-
                   sonnages). In-18.   1 fr.
—   Par la fenêtre, un acte (5 pers.). In-18. 1 fr.
NAJAC (Raoul de). Le Perroquet, un acte (5 pers.). In-18. 1 fr.
—   Mademoiselle de Pourceaugnac, farce en un
                   acte, imitée de Molière (4 pers.). In-18. 1 fr.

A. HENNUYER, IMPRIMEUR-ÉDITEUR, 47, RUE LAFFITTE.

SAMSON (Mme J.). **A Chambalud-les-Eaux**, un acte (7 personnages). In-18. 1 fr.
— **Le Plan de Ninette**, un acte (7 p.). In-18. 1 fr.
— **Le Choix d'une princesse**, un acte (7 personnages). In-18. 1 fr.

CHARADES EN ACTION
EN TROIS PARTIES

ADENIS (JULES). **Marionnette** (7 personnages). In-18. 1 fr.
— **La Fête de Colombine** (7 pers.). In-18. 1 fr.
— **L'Adroite Princesse** (6 pers.). In-18. 1 fr.
— **La DoubleMéprise** (6 pers.). In-18. 1 fr.
— **L'Héritage de Jocrisse** (6 pers.). In-18. 1 fr.
— **L'Auberge du Cheval blanc** (7 pers.). 1 fr.
CÉLIÈRES (PAUL). **L'Incomparable Zuléma** (8 p.). In-18. 1 fr.
— **Un dîner de huit couverts** (2 pers.). 1 fr.
— **Le Gibier de Son Altesse** (9 pers.). 1 fr.
— **Le Nez du marquis** (7 pers.). In-18. 1 fr.

PROVERBES

CÉLIÈRES (PAUL). **En scène, S. V. P.** Comprenant les 12 proverbes ci-dessous. 1 vol. in-18. 3 fr. 50

Tel oiseau tel nid (5 personnages); — Petite étincelle engendre grand feu (11 personnages); — Il n'est si petit qui ne compte (7 personnages); — Bon renom vaut un héritage (7 personnages); — Où la chèvre est liée... (2 personnages); — Tout est bien qui finit bien (6 personnages); — Il n'est chance qui ne retourne (6 personnages); — Loin des yeux, loin du cœur (6 personnages); — Absent le chat, les souris dansent (6 personnages); — Dire et faire sont deux (4 personnages); — Qui aime l'arbre aime la branche (5 personnages); — A beau mentir qui vient de loin (5 personnages).

Chaque proverbe format in-18 : 1 franc.

DUPEUTY (A.). **Blanche de Césanne**, un acte (5 personn.). In-8o. 1 fr. 50
NUITTER (CH.). **La Cage d'or**, un acte (5 pers.). In-8o. 1 fr. 50

MONOLOGUES

ADENIS (ÉDOUARD). **Mon premier bal à la sous-préfecture.**
ADENIS (EUGÈNE). **Gaieté marseillaise.**
BAUR (PAUL). **Madame la Doctoresse. — Un bal de noce. — Un heureux accident.**
BEISSIER (FERN.). **Le Nouveau. — Mon bon Monsieur Croquemitaine! — Petit Noël. — C'est pour demain!**
LALUYÉ (LÉOPOLD). **Fleurissez-vous, Mesdames. — Ah! le bal!**

Chaque monologue, format in-18 : 50 centimes.

Paris. — Typographie A. Hennuyer, rue Darcet, 7.